人的一生很漫长，但最关键的只有那么几步，中学阶段正是你成长的重要时期。作为一个中学生的你是什么样子的？你是不是喜欢嬉戏玩耍而害怕受拘束和禁锢？你是不是喜欢自己动手实验，而不喜欢埋首于枯燥的课本当中？你是不是喜欢天马行空的想象，而不喜欢大人给的条条框框？

是的，你一定是这样的学生。你一定像爱迪生一样爱思考；你一定像达尔文那样充满想象力；像司马光那样聪明机智；拥有毕加索那样的艺术天赋……其实，每一个学生都是天才，只是，在成长的过程中，这些才能没有被激发出来而已。

《嘻哈每一天》是一本轻松幽默的笑话书，它将伴随你的生活和学习，让你成为一个具有幽默感的人，使你的生活更加开心甜蜜。全书分为哄堂大笑、笑喷饭、笑没了眼、笑掉大牙、笑到嘴抽筋、笑破肚皮、笑弯了腰等十个部分。怎么样，光看这些标题，你就觉得好笑，忍不住想翻阅本书了吧？那就赶快打开这本书，亲身体验，好好过把瘾吧！

目录

CHAPTER 1　哄堂大笑

等于零...002
行为不礼貌...002
榜样...003
我不过去...004
用心听课的学生...004
新发现...005
空座位...006
八国联军...006
第一次上课...007
句式转换...008
句式...008
电话号码...009
问答...010
谎言...010
家丑不外扬...011
地摊货...012

CHAPTER 2　笑喷饭

不早问...014
洗手间中的惊叫...014
吐了...015
近视眼...016
喜剧和悲剧的距离...016
事出有因...017
父与爹...018
最牛的学生...018
也不要推我...019
回头率...020
文学老师...020
许愿...021

勇敢的行为…022
蚊子的威力…022
指马为鹿…023
天气预报…024

CHAPTER 3　笑没了眼

拿出精神来…026
接电话…026
一场足球赛的作文…027
缩写短文…028
比星星小的是什么…028
家庭作业…029
千万别走…030
祖国是什么…030
寻人广播…031
我指的是轮子…032
等　待…033
出国的理由…034
我的地盘我做主…034
买唱片…035
咋睡着了…036
我的家…036
好消息…037
自动回复…038

CHAPTER 4　笑掉大牙

半边天…040
最短的作文…040
厉害的原因…041
幽默的老师…042
被气哭的老师…042
没人合作…043
注意你的同桌…044
日　记…045
最吃惊的…046
还有菜吗…047
微型家长会…047
挥　手…048
一张白纸…048
反应迟钝…049

师 母…050
露马脚…051
将错就错…050
正好留给您…052

CHAPTER 5 笑到嘴抽筋

吓飞鸟儿…054
来不及了…060
事出有因…054
为什么…061
歪打正着…055
今天的水又没开…062
要有礼貌…056
把那个木盒子锯开…063
说实话…057
来不及…064
三部曲…058
两条腿干什么用…064
虫子太傻…058
还想吃…065
抢 劫…059
年龄最小的黑客…066
睡着了…060

CHAPTER 6 笑破肚皮

我们的老师不可靠…068
偏方…071
爸爸不在家…068
给我喵一下…072
勤奋的孩子…069
爸爸在浴室…072
翻译这句话…070
合写作文…073
门 铃…074
肯定是瘸腿…074
冒 领…075

我不知道时间...076
秃头胖子故事...076
再弹一个...077
扶梯子...078

委 屈...079
两封信...079
作曲家的学问...080

CHAPTER 7 笑弯了腰

历史课提问...082
母亲的骄傲...082
屈原医生...083
我当建筑师...084
修改作文...085
太感人了...086
做文章...087
妈妈是我的...088
测听力...089

捉迷藏...090
左右为难...091
老大徒伤悲...092
不应该钓鱼的原因...092
再出一题...093
爷爷的家长会...094
儿女们...094
电脑病毒饿死了...095
猫的问题...096

CHAPTER 8 笑开了花

作文用老秤...098
什么叫"火"...098
口 试...099
作 业...100
进步真快...100
小 气...101

不爱动脑...102
换 装...102
很 穷...103
爆笑日记...104

分糖果…104
助人为乐…105
早点到…106
腹中之伤…107
咸鱼的来历…107
没有铁…108
最接近的答案…109
日 记…110
感谢信…110
居然没分…111
让我感谢一下…112

CHAPTER 9 名人逗你笑

感谢你们停止鼓掌…114
不得不站着…115
胖与瘦…116
表 演…117
我也能保守秘密…118
给别人一个机会…119
刷新纪录…120
智斗强盗…121
打雷过后必定会下大雨…122
给蠢货让路…123
毒 咖 啡…124
帽子下面的东西…125
尝出来了…126
智救故乡…127
卖不掉的书…128

CHAPTER 10 别笑，我说的是外语

I am sorry…130
读音标…131
蚂蚁怎么说…132
秃秃秃…133
英语作文…134
英语课…135

CHAPTER 1

哄堂大笑

等于零

某日班会课上,老师就班级的卫生、纪律、学习等方面,洋洋洒洒地讲了大半节课。最后总结道:"总之,我刚才说的话……"不知下面哪个同学不小心触到了计算器,一个响亮的电子女中音接着道:"等于零。"惊愕片刻,全班哄堂大笑。

行为不礼貌

老师在给同学们上道德教育课时,发现学生小毛伏在桌上打盹儿,就叫道:"小毛同学!"

小毛被惊醒了,应道:"到!"

老师:"什么叫行为不礼貌?"

小毛大声说:"打扰别人休息的行为不礼貌!"

老师:"……"

榜 样

小学的时候,学生们都视老师的话为准则。记得一年级的时候,语文老师走进教室,他用手蘸了一口唾液,"哗"的一声翻开课本,清了清喉咙:"同学们,今天我们教第一课,请大家把书翻开。"我们一个个瞪大眼睛望着老师,有的同学茫然地也把手指伸到嘴里在舌头上蘸了蘸,然后才翻书……

我不过去

一次我们班一个女孩坐在后排听"随身听",因为耳朵堵着,所以说话声音很大。她对同桌说:"老师过来告诉我一声。"几乎所有同学都听到了。连在黑板上写字的老师也不例外。老师回过头看看那位同学。竟然说:"我不过去!"

用心听课的学生

女老师竭力向孩子们证明学习好功课的重要性。

她说:"牛顿坐在树下,眼睛盯着树在思考。这时,有一个苹果落在他的头上,于是他发现了万有引力定律。孩子们,你们想想看,做一位伟大的科学家多么好,多么神气啊!要想做到这

一点,就必须好好学习。"

班上一个调皮鬼对此并不满意。他说:"兴许是这样,可是,假如他坐在学校里,埋头书本,那他就什么也发现不了啦。"

新 发 现

学生问:"老师,在我背书的时候,您怎么还拿着书?"

老师答:"我那是要检查你有没有遗漏的地方。"

学生问:"哦,老师,难道您也没背熟吗?"

老师:"嗯……"

空座位

上课时,老师喊一名学生上讲台做题目。在等待过程中,老师在教室中来回巡视,发现有一名学生的位子是空的,便问:"他到哪儿去了?"

学生很诧异地说:"正在讲台上做题目!"

八国联军

历史课上,老师问:"八国联军是日、美、英、法、德、俄以及哪两国?来,小明,你说!"

完全不懂的小明正不知怎么办时,一旁的小华偷偷的捏了小

明,小明一痛之下说:"咿(意)!"

接着,小华又踢了他一脚,小明就叫了一声:"噢(奥)!"

老师很高兴地说:"很好!全对!"

第一次上课

第一次到学校试讲,总怕紧张出错,于是做了种种的准备。发挥还行,没出什么错就下课了。我踌躇满志地把教案装进包里走出了教室。后面气喘吁吁地跑来一个学生:"老师,把我们的黑板擦还给我们吧,我们还得上课呢!"

我愣了,打开包一看,黑板擦果然在里面。

句式转换

教师:"请把'马儿跑了。'这句话转换成疑问句。"

小伊万:"马儿会跑吗?"

教师:"正确!很好!现在把它转换成祈使句。"

小伊万:"驾!"

句 式

课堂上,语文老师正在讲句式,她要求一位同学说一个疑问句。她叫到小马,小马揉揉眼睛,问道:"老师,你叫我干什么?"

语文老师说:"很好,请再说一个感叹句。"

小马睁大眼睛说:"这也算对!"

语文老师又说:"非常好,请再说一个陈述句。"

小马摇头说:"我今天可能是发烧了。"

语文老师高兴地说:"非常好,请坐下。"

小马迷惑地坐下了。

电话号码

"孩子们,"女教师说道,"这本书下面有一条注释,写着'歌德(1749-1832)'。这是什么意思?"

汉斯举手答道:"我知道,这是他的电话号码!"

010　CHAPTER 1　哄堂大笑

问　答

物理老师为了活跃一下课堂气氛,便在黑板上写下一道题,说:"来,15号同学,你给大家讲一下这道题的做法。"15号是一滑头,只见他从容不迫地走上讲台,问:"老师,您的意思是让我像老师一样在这儿讲吗?"老师回答:"是这样的。"15号同学马上接着说:"来,16号同学,请你给大家讲一下这道题的做法。"

谎　言

心理学教授在课上对学生们说:"今天我准备给大家讲'什么是谎言'。有关这方面的问题我已经在我的一本学术著作《论谎言》中作了详尽的介绍。在你们当中读过我这本书的请举起手来。"

所有的学生都举起了手。

"很好,"教授接着说,"对于'什么是谎言'我们大家都有了切身的体会。因为我的这本著作尚未出版。"

家丑不外扬

有一位教师要求学生讲述一个有关暴动或激烈斗争的故事。有个学生却一直静坐,一言不发。

老师问:"你为何不讲呢?是不知道吗?"

学生答:"老师,这种故事我知道许多,但妈妈吩咐过,'不许把家里发生的事往外说。'"

地摊货

督学看见教室里有个地球仪,便问学童甲:"你说说看,这个地球仪为何会倾斜?"学童甲惶恐地答道:"不是我弄歪的!"

督学摇摇头,转问学童乙。学童乙双手一摊,说道:"您也看见,我是刚刚才进来的!"督学疑惑地问教师怎么回事。教师满怀歉意地说:"不能怪他们,这地球仪买回来时已经是这样的了。"

校长见督学的脸色越来越难看,忙解释:"说来惭愧,因为学校经费有限,我们买的是地摊货。"

CHAPTER 2

笑喷饭

不早问

老师:"你这是写的什么字?潦草得我一个也不认识。"

学生仔细辨认了半天,摇摇头说:"您怎么不早点儿问?现在我也不认识了。"

洗手间中的惊叫

晚上,女洗手间里传来一阵尖叫。众女生忙抄起家伙,冲了进去,问:"坏人在哪儿?"但此女生良久不语,只是低头垂泪,其楚

楚可怜的模样让人看了心碎。在众人的追问下,女生终于开口了:"我用洗脚的毛巾洗脸了!"

吐了

老师在课堂上讲课,有个学生很饿,想把带来的那罐八宝粥偷偷喝掉。他就趁老师背对着他们写板书的时候,使劲一拽拉环,却不小心把八宝粥撒了一地,而他无意识地尖叫了一声,老师回过头,看到此情景,大叫:"他吐了,快把他送到校医室。"

近视眼

一位年纪比较大的老师,眼睛极近视,要求很严格,不许有迟到的事情发生。结果,还是有个同学迟到了,偷偷摸摸地从后门进去,不幸得很,还是被老师发现了,看他坐下了,老师大步冲他走过去,大家都提心吊胆地看着,老师生气地对在他前面的另一位同学嚷道:"你为什么迟到?"

喜剧和悲剧的距离

在我们大学,心理楼和音乐楼紧靠在一起。如果不关上窗户,心理系的教员便很难使学生听清讲课的内容。

这个温暖的春日就是个例子。在音乐楼,一位女生正在练声,其声音自尖锐的喊叫到拼命的嚎叫都有。我们的教授正在给我们讲解情感,说:"喜剧和悲剧间的距离往往是很小的。"

一个认真的学生问道:"这段距离有多少呢,先生?""大约50英尺。"我们的教授回答,冲隔壁的那座楼点了一下头。

事出有因

老师:"你的作文《抢救亲人》怎么连个标点符号也没有?"

学生:"那么急的事怎么能停顿呢?"

父与爹

老师:"父就是爹,爹就是父。究竟什么时候该写父,什么时候该写爹呢?"

小新:"忙的时候将爹写成父,闲的时候将父写成爹。"

老师:"为什么?"

小新:"爹的笔画比父的笔画多好多呀。"

最牛的学生

我刚开始去上课时,喜欢抽着烟去学校。特别是抽烟进学校时,会受到很多学生的注目。没几天,在进学校后,就有几个学

生对我佩服得不得了:"这个兄弟,你太有脾气了!居然敢抽烟进学校。你叫什么名字,我们以后都跟着你!"我回答道:"我叫老师!"他们顿作鸟兽散,我郁闷了20分钟!

也不要推我

一个穿着整洁的小女孩奋力向前跑,赶着去上学。她不希望自己上课迟到,所以一边跑,一边祈祷:"敬爱的上帝啊,请不要让我迟到!请不要让我迟到!"因为她一边跑又一边祈祷,一不留神失足跌倒,把衣服弄脏了。她赶紧站起来,拍一拍衣服,然后又一边跑一边说:"敬爱的上帝,拜托别让我迟到,但是也不要推我。"

回头率

我们班的阿成本来就胖,过完假期就更胖了。不过阿成自我感觉良好,有一次他兴奋地对小鱼说:"最近我的回头率好高啊,而且人家都要看上三眼以上!"

小鱼瞪大眼睛说:"是吗?哦,我想,大概是因为一眼看不完吧!"

文学老师

我们的文学课老师对我们极为严厉,但我们最怕的却是他分发考卷的方式。他发考卷的方式因考分高低而不同。

考分最高的试卷他就举在头顶上发给学生。次之的就放在桌子上让学生来取；再次之的就放在膝盖上让学生来取；再次之的就放在地板上让学生取回。这次期末的试卷在这样分发后仍有三名考生未拿到卷子，他们便问老师，他们的卷子哪里去了。

老师回答说："半夜时你们再到教室来，我掘个坑把卷子埋在讲台下。"

许　愿

新学期大家都许了个愿望。

甲：我希望每门功课都考100分！

乙：我希望每次考试都能拿满分！

丙：我希望每次考试都和他俩挨着坐。

勇敢的行为

小吉姆在薄薄的冰层上勇敢地走过去,救起了他的朋友,成了同学们羡慕的人物。

"你冒着生命危险救起了你的朋友!"大家敬佩地说。

"没办法,"小吉姆说,"他穿着我新买的冰鞋呢!"

蚊子的威力

小明:"哇,你的脸怎么肿得这么大?"

小乐:"唉,昨天和爸爸划船时,被一只蚊子给叮了。"

小明:"肿得这么厉害,你一定被它给叮了很长时间吧?"

小乐:"它刚停在我的脸上,就被我爸爸用船桨给打死了。"

指马为鹿

生物老师带学生参观农场。有个学生问老师:"这头鹿为什么没有角?"

老师滔滔不绝地说:"鹿没有角的原因很多。母鹿生来就不长角;公鹿虽然长角,有时候因为打架而折断,有时被主人锯掉了,所以也可能没有角……"

一旁的农场主人插话说:"对不起,这是一匹小马,不是鹿。"

天气预报

大学的时候有一个好朋友,此女平时不怎么上网,但凡上网大概也是为了功课,所以她的QQ到现在还一个月亮两颗星星。

有一天,她上网时看到自己的QQ里有一个太阳,于是很高兴地告诉她宿舍同学丹,丹走过去一看,说道:"这不是你QQ的太阳,这只是天气预报而已……"

CHAPTER 3

笑没了眼

拿出精神来

一年级的小学生上课无精打采,老师提醒大家:"请大家拿出精神来!"

于是,学生开始在书包里翻起来,最后,有位学生举手提问:"老师,请问哪个才是精神?"

接电话

导师正讲课呢,突然电话响了,他掏出来看了一下对我们说:"一般人的电话我是不接的,更何况是在上课,但这个人的

电话对我来说很重要,我不能不接,请大家原谅一下。"

然后,"喂,你好,我是XXX……哦,你打错了!!"

一场足球赛的作文

一天,老师正在给一个班的男孩子们上课。他要他们写一篇关于最近一场足球赛的作文。

一个男孩写了几个字,就放下了笔。老师问他:"你为什么不写了?"

男孩说:"我写完了。"

老师拿起他的本子,只见上面写着:"雨天,未赛。"

缩写短文

老师要求学生把一篇一千五百字的文章缩写成五百字,下课时,一男生把作业交了。

老师看后问:"你是怎么搞的,四十五米高的建筑物写成了十五米,六辆汽车写成了两辆,三个人写成了一个人?……"

男生答道:"我可是严格按您要求的比例写的!"

比星星小的是什么

老师问一个小学生。

老师:"用肉眼来看,太阳小还是月亮小?"

学生:"月亮小。"

老师:"比月亮小的呢?"

学生:"星星。"

老师:"比星星小的呢?"

学生:"比星星小?这个……不知道。"

另一个学生举手说:"老师,我知道!"

老师:"那你来说吧!"

学生:"比猩猩小的是猴子。"

家庭作业

下课后,老师对伊万说:"让你爷爷来学校一趟!"伊万问道:"老师,不需要叫我爸爸妈妈来吗?"

老师说:"不,伊万。叫你爷爷来就可以了。我要告诉他,他儿子在你的家庭作业里做错了一些题。"

千万别走

一男生因为打架被学校开除,同班一位女生追到他家,对他说:"你走了,我怎么办?"

男生的妈妈当时急了,问男生:"你们俩有什么关系?"

男生也很纳闷,说:"没什么关系呀!"

只听那女生说:"你走了,我不就成倒数第一了吗?"

祖国是什么

有一天上课,老师问小丽:"祖国是什么?"

小丽说:"老师,祖国是我的母亲。"

老师说:"回答得很好。"

接着老师又问小明:"小明,祖国是什么啊?"

小明说:"老师,祖国是小丽的母亲。"

寻人广播

星期天,百货公司的广播里忽然传出工作人员的声音:"哪位家长丢了一个穿黄格子衬衫、蓝色牛仔裤的小男孩,请赶快到服务台。"

一个提了很多东西的女子听到后,连忙对身边的男子说:"亲爱的,趁着有人帮我们看孩子,咱们赶紧到超级市场再买点蔬菜。"

我指的是轮子

新学期伊始,我们高年级学生去车站迎接新同学。我见一小女生站在一个大箱子旁不知所措,便主动上前帮她提起箱子。不料箱子超重,我又不好意思放下箱子,只好勉强支撑。才走了几步,那女生便对我说:"背不动就滚吧。"

我一听此言,顿时怒从心头起,放下箱子,怒视着她。那女生愣了几秒钟,才满脸通红地指着箱子的底部对我说:"我指的是轮子。"

等 待

一天，小明鼻青脸肿地回到家里。

"你今天和谁打架了？"妈妈大声道。

"……"

"我早就和你说，在你生气的时候，先从1数到50，要学会忍耐。"

"可……可是，小刚的妈妈只让他数到25。"

出国的理由

某学校决定在二班选派一名同学到美国留学。班主任请大家考虑派谁去最合适。

一学生高兴地站起来说:"老师,让我去最合适。我白天上课就想睡觉,晚上却老是睡不着。而中国白天时美国正好是夜里。"

我的地盘我做主

某学生翻墙被校长捉住,校长问:"你为什么翻墙?"

学生指着上衣说:"美特斯邦威,不走寻常路!"

校长又问:"这么高的墙你怎么翻过去的?"学生指着裤子

说:"李宁,一切皆有可能!"

校长生气说:"翻墙的滋味怎样?"

学生指着鞋:"特步,飞一般的感觉!"

校长大怒:"我要记你大过!"

学生不满,问:"为什么?我又没犯错!"

校长冷笑道:"动感地带,我的地盘我做主!"

买 唱 片

奶奶要到城里去,走的时候问小孙女:"你不是说要奶奶给你买张镭射唱片吗?今天我去给你买。"

孙女高兴地说:"好哦!谢谢奶奶!"

奶奶这时候又问:"那你要什么样的唱片呢?"

孙女告诉她说:"只要奶奶觉得难听的,就可以买了。"

咋睡着了

一个同学眼睛奇小，正常状态下看上去只有一道缝。

一日在食堂午饭后聚精会神地看电视，食堂一清洁工走过，惊奇道："同学，你咋吃完饭就在这儿睡着了？"

我的家

老师布置作业，让小军以《我的家》为题目写作文。

小军这样写道："我的家有爸爸妈妈和我三个人，每天早上出门，我们三人就分道扬镳，各奔前程，晚上又殊途同归。

爸爸是建筑师，每天在工地上指手画脚；妈妈是售货员，每

天在商店里来者不拒;我是学生,每天在教室里呆若木鸡。

我的家三个成员臭气相投。

但我的成绩不好的时候,爸爸也同室操戈,心狠手辣地揍得我五体投地,妈妈在一旁袖手旁观,从不见义勇为。"

好消息

儿子:"爸爸,告诉您一个好消息。"

爸爸:"什么好消息?"

儿子:"您不是答应过我,如果这次考试能及格的话,奖励我100块钱吗?"

爸爸:"嗯,有这么回事儿。"

儿子:"这100块钱我给您省下啦!"

自动回复

刚学上网时,看到一个人的头像是蓝色的,于是就很虚心地发消息向他请教:"你好,请问怎么才能把自己的名字变成蓝色?"

信息回得非常快:"对不起,主人不在,我是他的QQ,有什么事和我说好了……"太厉害了,使用的QQ还会替主人聊天……于是就更加虚心地说:"好QQ,能不能告诉我你的主人是怎么把名字变成蓝色的?"

消息还是很快就回过来。我都说了两遍了还问我,一生气,骂它:"你这个变态的QQ,我都说了,怎么才能把我的名字变成蓝色!"

那边回的消息依然是一样的。

一个小时后,我知道那叫自动回复!

CHAPTER 4

笑掉大牙

半边天

"小强,你的本事真大呀,撑起咱们班的半边天了。"小明恭维说。

"何以见得?"小强得意地问。

"上课时你要不说话,咱班教室就安静一半啦!"

最短的作文

老师要同学们晚上在家里看三集少年电视剧后,写观后感。

小明没有看电视剧,第二天,他写了一篇两个字的作文:"停电!"

老师见了,说他撒谎,不可能停电,叫他晚上看后再写一

篇。

小明还是没看,写了一篇五个字的作文:"电视机坏了。"

厉害的原因

课堂上,老师正在教孩子们看图片识动物,小亮总是分不清老虎和狮子。

于是,老师对小亮说:"瞧,额头上有'王'字的是老虎,没有'王'字的是狮子!"

小亮仔细看看说:"知道了。那么,狮子一定比老虎厉害!"

老师问:"为什么?"

小亮郑重回答:"因为没有人敢在狮子的脑门儿上写字!"

幽默的老师

有个老师很幽默。有一次,他在给一个新生班讲课前说道:"我知道我的讲演有时很可能会很单调,很枯燥,甚至是无聊,我也允许你们在我讲课时不耐烦地看手表,但我决不能容忍你们把手表放在桌子上用力地捶它,看它是不是停了不走了?!"

被气哭的老师

女教师在黑板上画了一个苹果,然后提问:"孩子们,这是什么呀?"

孩子们异口同声地回答:"屁股!"

女教师哭着跑出教室,找校长告状:"孩子们嘲笑人。"

校长走进教室,表情严肃地说:"你们怎么把老师气哭了?啊!还在黑板上画了个屁股!"

没人合作

老师问一学生:"你的考试成绩怎么不像你打篮球那么棒呢?"

学生:"老师,篮球场上有人合作,可考场上没人合作呀!"

注意你的同桌

老师要求学生写作文,题目是:《我长大了要干什么》。

冬冬写道:"我长大了要当一名警察,帮助大家抓坏人。"

老师的评语是:"很好的愿望,不过,要先注意你的同桌阿牛,他说长大了要去抢银行。"

日 记

老师说每天都要写日记，于是，小明写道：

星期一，今天我看见一个老爷爷摔倒了，我把他扶起来就走了。

星期二，今天我看见一个老奶奶摔倒了，我把她扶起来就走了。

星期三，今天我看见一个小弟弟摔倒了，我把他扶起来就走了。

星期四，今天我看见一个小妹妹摔倒了，我把她扶起来就走了。

星期五，今天我摔了一个大跟头，我把自己扶起来，走了。

星期六、星期日，我没出门。

最吃惊的

新学期开始,每个学生都要上台作自我介绍。当一位很清秀的男生作自我介绍的时候,主持人问:"请问你有没有被别人误以为是女生的时候?"

那男生不以为然,说:"当然。从小学时老师就一直把我当做女生,直到有一天我一气之下剃光了所有的头发。"

"那老师们一定很吃惊吧?"

"嗯!不过最吃惊的不是老师,而是那位很殷勤地为我提了一年书包的男生。"

还有菜吗

化学课上老师讲解溶剂与溶质的关系:"一定的溶剂只能溶解一定的溶质。比如说,你吃了一碗饭,又吃了一碗,第三碗吃下去已经饱了,你还能吃下去吗?"

有个学生问:"还有菜吗?"

微型家长会

儿子:"爸爸,星期五下午您有空吗?"
爸爸:"什么事啊?"
儿子:"学校要开微型家长会。"
爸爸:"什么叫微型家长会?"
儿子:"就是只有班主任、您和我参加。"

挥 手

昨天晚上,我在阳台上看风景,发现对面女生宿舍里一位漂亮的女孩拿着手绢在向我挥手,我也向她挥;然后她跑到另外一个窗口再跟我挥手,我也跟她再挥;后来她又走了,到第三个窗口跟我再挥手时我才反应过来,原来她在擦窗户……

一张白纸

老师叫同学们画画,只见小华的作业是一张白纸,老师生气了:"小华!你的画呢?"

"就在这!"

"那你画了什么?"

"牛吃草。"

"草呢?"

"被牛吃了。"

"牛呢?"

"吃完就走了。"

反应迟钝

一天,小强上课时偷偷地玩手机,正好被在教室外巡视的班主任发现了。班主任掏出自己的手机,发了条信息给小强:"你怎么不认真听课?"小强疑惑地回复:"你是谁?"班主任又发了一条短信给他:"你看看窗外。"小强看了一眼窗外,又偷偷地回复道:"多谢提醒,我们等会儿再聊,我们班主任在窗外盯着呢!"

师 母

刚从美国转学来的乔治应邀到他的老师家做客。

"这是师母。"老师首先介绍了他的妻子。

"你的妈妈太年轻了。"乔治非常惊奇地说道。

将错就错

一日午夜,睡梦中突然——"铃……铃……"电话暴响。

"谁这么晚还打电话?"

揉揉惺忪睡眼,黑暗中,我摸起电话。

"喂,谁呀?"

"大舅,是我。"

"哦,是你呀,外甥。"

"大舅,您身体好吗?"

"挺好的。"

"我舅妈身体好吗?"

"都挺好的。"

"咦?大舅,你声音怎么变了?"

"因为你打错电话了,外甥。"

对方愣了5秒,然后电话中传来"嘟……嘟……"的忙音。

露马脚

学生:"老师,汤姆在假期里常到公园去偷西瓜。"

老师:"你怎么知道?"

学生:"他每次都分给我吃。还有,上自习课的时候,汤姆什么也没干,就在那里坐着。"

老师:"你又怎么发现的?"

学生:"我一直在看着他。"

正好留给您

老师带汤姆到餐厅用餐,服务员端来两块猪排,汤姆拣了一块大的放在自己的盘子里。

老师见了很不高兴,说:"你怎么这样不礼貌?"

"那如果让您先拣,您挑哪块?"汤姆问。

"当然是小的。"

"那不正好嘛,小的那块我正好给您留下了。"

CHAPTER 5
笑到嘴抽筋

吓飞鸟儿

小明是一个顽皮的孩子。他最怕画图画,尤其是怕画鸟儿。有一天,图画老师在黑板上画了一只鸟儿站在树枝上,给学生做示范。小明左画右画,总画不像,看见同学们都交卷了,他也糊糊涂涂地交了上去。图画老师看了小明这幅画,不觉把教鞭在讲台上一拍道:"你画的鸟儿哪里去了?"小明连忙答道:"被你这一教鞭吓飞了。"

事出有因

父亲和女儿一起外出,女儿走累了,父亲就把她抱起来,让她骑在自己肩膀上。走着走着,女儿开始拔他的头发。父亲几次叫她住手,女儿依旧我行我素。

父亲终于被惹火了,大声训斥道:"不许再拨了!"

"可是,爸爸,"女儿应声说,"我只是想把我的口香糖弄出来。"

歪打正着

老师在黑板上写着"扑朔迷离"四个字。

然后问一位学生:"请你说一下这个成语是什么意思?"学生站起来,推了一下深度近视眼镜,仔细看了一下黑板上的四个字,看了半天也不明白,最后他无可奈何地说:"老师,看不清楚。"老师说:"你说对了,请坐下。"

要有礼貌

上课铃响了,学生一窝蜂似的拥进教室。

老师堵住一个学生问道:"你叫什么名字?"

"王小明!"学生回答。

老师启发他说:"和老师讲话时要有礼貌,必须加上'先生'这个称呼。好,现在回答我,你叫什么名字?"

"王小明先生。"

说 实 话

作文讲评课上,老师把批改好的作文发给大家。当他走到贝西的座位旁时,问:

"贝西,这次的作文是你做的吗?"

"我不知道。"贝西回答。

"你怎么会不知道呢!"老师生气地说,"说实话,到底是谁帮你做的?"

"我确实不知道,"贝西回答,"说实话,我那天晚上很早就睡了。"

三部曲

老师:"这次你考试不及格,所以我要送你三本书。先看第一本《口才》,尽量说服你父亲不要打你。如果说服不了,赶紧看第二本《短跑》。如果没跑掉,就只能看第三本书了。"

学生:"什么书?"

老师:"《外科医生》。"

虫子太傻

一位父亲跟7岁的儿子讲睡懒觉的坏处,最后,他做结论

说:"记住,鸟儿只有起早,才能捉到虫子。"

儿子不服气:"那么,虫子起得早不就太傻了吗?"

抢 劫

老师:"你怎么迟到这么久?"

学生:"我在路上被一个强盗给拦住了。"

老师:"我的上帝呀!他抢走了你什么东西呀?"

学生:"他抢走了我的家庭作业。"

睡着了

儿子不想睡觉,爸爸坐在床头开始给他讲故事。一个小时过去了,两个小时过去了……房间里一片寂静。

这时妈妈在房门外轻轻地问:"他睡着了吗?"

"睡着了,妈妈。"儿子小声回答。

来不及了

在一所幼儿园的一个很大的班级里,老师让小孩们问问题。

大家一个问完接下一个,有个小孩一直把手举在空中,不过当轮到他问时,他却把手放下了。老师问他:"你等了这么久,为什么轮到你讲,你却把手放下了?"

小孩回答说:"来不及了,已经尿湿了。"

为 什 么

男孩有天晚上打电话给女同学,很不幸被女同学的母亲接到。正为女儿成绩下降而烦恼的母亲一听是个男生就非常警惕,很不悦地问道:"你姓什么?"男孩说:"我姓魏。"对方的语气很不客气:"魏什么?"男孩更紧张了,结结巴巴地回答:"我也不知道为什么,我爸爸也姓魏……"

今天的水又没开

一个男生去学校的开水房打开水,进去才发现里面已经挤满了女生。

轮到他打水了,不料开水突然溅出来,手上淋了不少水,那个痛啊,为了保持风度,他咬着牙装作没事,身边的一位漂亮女生关心地问:"没事吧?"

男生好感动地说:"没事,没事!"

那女生听了,回头对后边的女生说:"真讨厌,今天的水又没开!"

把那个木盒子锯开

为了培养小朋友们的艺术修养,老师带全班同学到音乐厅欣赏小提琴演奏会。一小时、两小时过去了,台上的演奏者依然在不停地演奏……最后,小强实在是忍无可忍,他大声问:"老师!他要到什么时候才能把那个木盒子锯开?"

来不及

汤姆重重地跌了一跤,满身泥水地回到家里。

"你这淘气鬼!"他母亲惊叫道,"你怎么搞的,穿着这样好的裤子摔跤了?"

"原谅我,妈妈,我跌倒的时候来不及把裤子脱下来!"

两条腿干什么用

一天,小杰扭扭捏捏很腼腆的样子,走到爸爸身边问:"爸爸,我想今晚用一下您的汽车,可以吗?"

"那你两条腿干什么呢?"父亲显出莫名其妙的神情。

"一条踩油门,另一条踩刹车。"小杰赶忙回答。

还想吃

约翰从学校带着黑眼圈回家,妈妈问这是怎么回事,约翰答道:"我跟比尔打了一架。"

妈妈明理地说:"明天你带块蛋糕给比尔,并向他道歉。"

第二天,约翰又带回一个更大的黑眼圈。"天啊!"妈妈大惊失色地叫道,"这是谁干的好事?"

约翰答道:"比尔干的,他还想吃蛋糕。"

年龄最小的黑客

学生:"老师,有一个网站在丑化您的形象,我不客气地把它的网页给黑了!"

老师:"你才14岁呀!竟然能把人家的网站给黑了。那个站长也太笨了吧?你用的什么黑客软件啊?"

学生:"什么是软件?我把黑色油漆在电脑屏幕上一刷,就黑了。"

老师:"……"

CHAPTER 6
笑破肚皮

我们的老师不可靠

小明对邻班的小刚说:"我们的数学老师不可靠。"

小刚问:"为什么?"

小明:"他一会说3+4=7,一会儿又说2+5=7。"

爸爸不在家

一个小偷来到一个居民区,他看到一个小孩坐在房子门口,脖子上还挂着一串钥匙。

于是他走上前说:"小朋友,你爸爸在家吗?"

小男孩说:"没有啊!"

小偷又说:"我是查电表的,可以让我进去吗?"

"当然可以。"小孩说。

小孩帮小偷打开了门,小偷刚把脑袋伸进去,接着撒开腿就跑了。

小男孩追着他喊:"我爸爸真的没在家,他们是我的二叔、三叔、四叔、五叔、六叔……"

勤奋的孩子

老师:"你计算好这道题了吗?"
学生:"已算好了,而且算了十次。"
老师:"你学得真好。"
学生:"但是,我得到了十个不同的答案。"

翻译这句话

一次上英语课,我正在半梦半醒状态,听见老师问:"西红柿是水果还是蔬菜?"

晕,这我怎么知道,只好猜一个:"嗯,水果。"

老师的声音高了八度:"什么?"

我赶紧见风使舵:"是蔬菜!"

老师终于不能忍了:"我是让你翻译这句话!"

偏 方

丁丁的字总写不整齐,老师对他说:"你以后打完格再写。"丁丁回到家打开书包,铺开作业本,想起了老师的话。他抓耳挠腮想了半天,喝下去一大杯水,然后,打了一个嗝,然后边写作业边嘟囔:"还有这偏方!"

给我喵一下

　　小明要考试,但是他没准备,所以他打算要作弊,就跟前面那位同学说:"等会我踢你椅子一下,你就给我喵一下!"于是开始考试,正当老师走过小明身边时,他马上踢了一下那位同学,可是前面的那同学不知是没感觉还是故意不给小明看,没有反应。于是小明又生气又紧张地连踢三下……

　　只听到前面那位同学"喵!喵!喵!"地连叫了三声。

爸爸在浴室

　　小雯正在厨房里洗碗,爸爸的朋友来找爸爸去打牌,问小

雯:"你爸爸在哪里啊?"小雯说:"哦,他可能在浴室里。"这个人又说:"你确定吗?"小雯转过身把热水龙头开到最大,浴室里传出了一声吼叫,小雯转过来对爸爸的朋友说:"我确定!"

合写作文

老师:"你这篇作文怎么前后风格、语调完全不同呢?"
学生:"我爸爸和我妈妈根本就没有共同语言。"

门 铃

一位老人在街边慢慢走,看见一个小男孩使劲够路边一个人家的门铃,但门铃太高,他怎么也够不到。

心地善良地老人停下来对孩子说:"我来帮你吧。"说着用力按了按门铃,门铃的声音非常大。

这时小男孩紧张地对老先生说:"现在咱们逃走吧,快!"

肯定是瘸腿

医学院老师在给学生上课,老师说:"一个病人是先天性腿

瘸,因为他出生时一条腿比另一条腿短一些。"然后他问一个学生:"约翰,请你想一想,如果你遇到这种情况时会怎样?"

约翰认真地想了一想,答道:"我想,遇到那种情况,我也会瘸的!"

冒　领

某班有一男生,很爱占小便宜。一天,邻班的一个女生捡了一块手表,在宿舍门前贴出了一张失物认领的启示。于是这个男生就冒充失主去认领。"这块表是我丢的……"

"这块表可是……"女生惊讶地说,"可是我在女厕所捡的啊!"

我不知道时间

中午,苗苗在教室里午睡。同学甲问她:"苗苗,现在几点了?"苗苗说:"一点半。"过了一会儿,同学乙过来问她现在几点了。苗苗揉了揉眼睛,说:"1点45。"她担心再有人来问时间吵醒她,便写了一个牌子立在桌子上,上面写着:我不知道时间。过了一会儿,班主任来教室检查,看见了她桌子上的牌子,便把她推醒,告诉她说:"现在两点钟了。"

秃头胖子故事

小杰在翻看家里的影集时,看到一位漂亮的小伙和妈妈在一

CHAPTER 6 笑破肚皮 **077**

块儿。他好奇地问:"妈妈,站在你身旁的这个先生是谁呀?""那是你爸爸呀,傻孩子。"妈妈答道。小杰又仔细端详了一会儿照片,然后低声问道:"妈妈,为什么现在那个秃头胖子和我们住在一起呢?"……

再弹一个

过六一节了,小朋友们联欢,大家都表演节目。吴旋旋最厉害了,上台表演弹钢琴,演奏完后下面看节目的爸爸妈妈们都一直在喊,要她再弹一个。安安老师就问旋旋要不要再弹一首,结果旋旋急得快要哭出来,说:"我又没有弹错,为什么还要我再弹一次?"

扶 梯 子

在院子里玩耍的孩子跑进屋里对母亲说:"我闯祸了,我把梯子弄倒了。"母亲依然目不转睛地盯着电视机,问道:"梯子没有砸坏花坛吗?""嗯。花坛没事。""那没碰着院子里的鸡笼子吗?""没有。""那就不要紧了,去叫你爸爸把梯子扶好就行了。"孩子垂头丧气地说:"爸爸在梯子上呢。"

委 屈

孙子骄傲地把记分册给爷爷看。

爷爷说:"唉,我读书时,历史成绩总是100分,而你才90分。"

孙子感到很委屈:"爷爷,你读书的时候,历史要短得多啊!"

两封信

有一天,小航的爸爸给小航两封信,再给小航一点钱,叫小航买两张邮票寄出去。过了十分钟,小航回来了。

小航说:爸爸我把两封信寄出去了,而且只花了一半的钱!

爸爸很惊讶的问小航:"你如何用一半的钱把两封信寄出去的?"

小航很得意的说:"我把一封信放在另一封信里面,这样只需要一张邮票又可以省下一半的钱!"

作曲家的学问

父亲:"你认识多少字了?"

儿子:"就认得阿拉伯数字1到7。"

父亲:"你长大该怎么办啊!"

儿子:"没关系,长大我可以当作曲家,作曲家只写7个数字,连8都用不上。"

CHAPTER 7
笑弯了腰

历史课提问

在英国某学校的一次历史课上,老师问一名学生:"你能说出1312年英国发生了什么吗?"

学生回答:"威尔斯王子诞生。"

老师又问:"好极了,答得对。你接着往下说1317年又发生了什么事?"

学生回答:"王子威尔斯5岁了。"

母亲的骄傲

小明在学校里没考好,他的母亲对此很生气。

"去年,我很为你感到骄傲,因为你是班里最好的学生。"

小明听了觉得很难过。但他想了一会儿,便笑着对母亲说:"要知道,妈妈,别人的母亲也都想为她们的孩子而感到骄傲。但是,如果我总是第一的话,这对她们来说,不就失去骄傲的机会了吗?"

屈原医生

在历史课堂上,老师问一个学生:"屈原是什么人?"

"是医生。"学生回答。

"胡说!"

"怎么是胡说呢?书上说他是大夫嘛!"

我当建筑师

作文课上,老师问平时爱搞小动作的小伟:"你长大后的理想是什么?给大家说一说。"

小伟回答:"我想当个建筑师。"

老师很有兴趣地问:"为什么?"

小伟指指长方形的教室,说:"假如我当上建筑师,我要把教室变成圆形的。以后您再罚我站墙角,那就是不可能的事了。"

修改作文

老师要求学生作文中凡是他批改过的地方，都要重新抄一遍，以加深印象。

小明以《我的老师》为题写了一篇作文：

我的老师是一位十八九岁的姑娘，好看的身材，白白的脸蛋，特别是一双明亮的大眼睛……

老师阅后，在几个形容词上，用红笔重重地批上：不确切，不用细说，修饰过分，多此一举。

第二天一早，小明按老师的要求，把重新抄好的作文本交了上去：我的老师是一位不确切的姑娘，不用细说的身材，修饰过分的脸蛋，特别是多此一举的大眼睛……

太感人了

龙龙非常投入地写了一篇自己勇救落水儿童的作文,郑重其事地交给了老师。其中写道:"河边上,寒风凛冽、水流湍急、到处都是冰窟窿……""当时我奋不顾身地跳下去,忍着冰冷刺骨的河水,上前一把紧紧抓住那个落水儿童,然后用尽全身力气,艰难地将他举到岸边,小心地交给了岸上的人!""儿童终于得救了,但我却光荣地牺牲了……"看到这儿,"眼眶湿润"的老师愣了半天,然后写下一行评语:"太感人了!尤其是你都牺牲了,还不忘亲自来交作业!"

做 文 章

儿子:"爸爸,你帮我改一下这篇作文吧!"

爸爸:"那怎么行。我对写文章一窍不通,怎么能帮你的忙。"

儿子:"你骗人,你怎么不会做。人家都说你摆摊卖水果时总在秤盘上做文章。"

妈妈是我的

美美刚上一年级,妈妈怕她把文具弄丢,便把她的东西全贴上纸条,说:"纸条上有你的名字,以后你的东西就不会丢了,别人捡到也会还给你的。"

美美高兴极了,连忙拿起一张纸条写上自己的名字,然后贴在妈妈的脸上,高兴地向哥哥和爸爸宣布:"以后妈妈是我的了,你们不许抢。"

测 听 力

体检的时候,轮到小明测听力。医生说,等会儿我说什么,你听到就重复一遍,又给了他两个测听力用的耳塞,然后叫小明站到几米外的地方,说:"把耳塞戴上。"

小明就照着说:"把耳塞戴上。"医生急了,大声说:"我说让你把耳塞戴上!"

小明继续照着说:"我说让你把耳塞戴上!"

捉迷藏

小刚和几个同学玩捉迷藏游戏，就剩下小东一个了，怎么也没找到，小刚就大声叫道："你们谁把我逃学的事告诉了我妈妈？"

"不是我。"

"也不是我。"

"一定是小东。"

一个声音从草丛传出来："你们胡说，根本不是我！"

左右为难

"谢谢您在我上次生日时送我的口琴,"小乔尼对老师说,"这是我收到的最好的礼物。"

"太好了,"老师说,"你知道怎么吹了吗?"

"哦,我没有吹过,"小乔尼说,"妈妈每天给我一块钱,让我白天别吹它;爸爸一周给我五块钱,让我别在晚上吹。"

老大徒伤悲

校长:"你上课为什么淘气,不好好听讲呢?"

学生:"我听着没多大意思。"

校长:"你难道不知道'少壮不努力,老大徒伤悲'的含义吗?"

学生:"这句话的含义我懂,可是我是家里的老二啊!"

不应该钓鱼的原因

一天,田田迟到了,老师问:"你为什么迟到?"

田田回答:"我本来要去钓鱼。但是爸爸不许我去,我哭

了，所以来晚了。"

老师说："你爸爸做得很对，关于你为什么应该上学，不应该去钓鱼，爸爸一定对你解释清楚了吧？"

"对，爸爸解释过，他说蚯蚓太少，要是两个人去钓就不够……"

再出一题

妈妈："你算算这道题得数是几？"

儿子："5。"

妈妈："真聪明这么快就算出来了。给你5角钱去买冰棍吧。"

儿子："妈妈，你再出一道得数是100的题吧！"

爷爷的家长会

爷爷退休了,报名上老年大学。正读一年级的孙子好奇地问爷爷:"您还读书啊!"爷爷说:"我读书有什么不好吗?"孙子说:"好是好,就是万一您学校通知开家长会,您让谁去?"

儿女们

父亲下班回家。他的儿女围拢过来,按次序汇报自己在家里干了些什么活。

"我把所有的碗碟都洗干净了。"老大说。

"我把它们都抹干了。"老二说。

"我把它们放到碗柜里去了。"老三说。

最后,轮到年纪最小的女孩子,她怯生生地说:"我,我把碎片都收拾起来了。"

电脑病毒饿死了

表妹说:"表哥,去年我买了一台电脑耶!"

表哥:"怎么都没看你用过啊……"

表妹:"谁知道刚买就中毒啦!"

表哥:"你没有叫人修理吗?"

表妹:"我想我一年不开机,看能不能把病毒饿死。"

猫的问题

一天,一个同学打电话给我,说:"我的宽带为什么上不了网?"

我:"你检查一下网络线是否已经连好。"

同学:"都连好了啊!"

我:"那可能是你家猫的问题。"

同学:"那你等一下……"

三分钟后,同学:"好啦!你说吧,我把我家的猫赶出去了!"

CHAPTER 8

笑开了花

作文用老秤

语文老师:"哪有'半斤五两'这句成语?"
学生:"考数学时,我答半斤八两得了零分。"
语文老师:"记住,作文时用老秤。"

什么叫"火"

老姜闲着没事,想起也要关心一下儿子们的学习,于是他问道:"什么叫火?"
大儿子随口答道:"能把东西燃烧起来的叫做火。"

CHAPTER 8 笑开了花 099

父亲把目光移向小儿子,小儿子嗫嗫嚅嚅,半天也答不上来。

老姜见了很不耐烦,大吼道:"我问你什么叫火!"

小儿子哭丧着脸说:"您发脾气时叫火……"

口　试

课堂上,老师出了一道判断题,要求同学们当场判断正误。

老师:"小林,请你判断一下。"

小林:"我认为答案应该是'错误'。"

老师:"为什么呢?"

小林:"因为前面小明回答说'正确',但您没有让他坐下。"

作 业

要到周末了,老师在黑板上写下了一行字:周末没有作业。同学们高兴地欢呼起来!老师让大家安静下来,说:"这就是周末的作文题目!"

进步真快

一天,小新在学校考完试,跑回家,对着正在厨房忙碌的妈妈喊:"妈妈,这次我考试得了第5名,快给我煮个鸡蛋。"

妈妈高兴地夸奖他说:"好孩子,进步真快。妈妈今天给你煮两个鸡蛋。"

小新:"谢谢妈妈!我一定会努力的!"

妈妈又问:"参加这次考试的一共有多少人?"

小新答:"5个人。"……

小 气

小明和小华是同桌,一天,小明对小华说:"可以把你的橡皮借我用用吗?"

小华不肯,小明又借了几次,还是没有借到,于是他有些生气地说:"真小气,算了,还是用我自己的吧!"

不爱动脑

小明走进商店,说:"我要半斤8元一斤的糖、三两40元一斤的咖啡和8元钱的面包。"

"24元。"店员说。"给你一张50元的钞票,你该找给我多少?""26元。"

小明听了,一边走出商店,一边说:"这是老师留的作业,我怎么也算不出来,真是谢谢你了。"

换 装

"我在一天里竟换了5套服装。"时装模特儿对她的朋友们说。

"那没什么了不起!"一个朋友的儿子说:"我的妹妹在一天时间里竟换了12次。"

"你的妹妹?她多大了?"

"3个月。"

很 穷

妈妈带乐乐去郊外玩,乐乐看见一个男孩子在湖边画画,好奇地问:"妈妈,这个哥哥很穷吗?他这样画画多费力气,为什么不买台照相机,那多方便。"

爆笑日记

3月5日　星期日　晴

今天我写完作业没事了，就拿出妈妈缝衣服的针来玩，一不小心扎死了一只鸡，我很难过，我以后再也不玩针了。

老师评语：可不可以告诉老师，你是怎么一下就认准那只鸡的死穴的？

分糖果

叔叔要考侄儿的算术，问他说："我拿6块糖让你和弟弟均分，你分几颗给他？"

"2块。"侄儿回答。

CHAPTER 8 笑开了花 **105**

"怎么2块?"叔叔问,"你不是学除法了吗?"

"我学了,"侄儿答,可是弟弟还没学呀!"

助人为乐

小刚的数学书不知被谁弄坏了,便高呼:"谁弄坏了我的数学书,我要发怒了!

小鱼说:"喂,小刚,你不用发怒,我能帮你补好它。"

"真的?"

"嗯!"

"你太好了,不愧是我的铁哥们。"

"不用谢,不就是用一点鼻涕粘好它么,不用客气!"

早点到

妈妈给在上海出差的爸爸写封信,让小明去投寄,并吩咐道:"路上别贪玩,快把信寄了让你爸爸早日收到。"

小明拿着信去了大半天才回来,妈妈感到很奇怪,问道:"巷子口就有一个邮箱,你咋去了这么久?"

小明说道:"我去市里最南面的一个邮箱去投的信。"

妈妈又问:"你走这么远干啥?"

小明回答说:"南面邮箱离上海近些,好让信早点到上海呀!"

腹中之伤

小明跌伤了,他的母亲用布蘸了些酒,替他揉擦。在旁边的小华看了,问他道:"你父亲的肚里,一定伤得很重吧?"

小明问他:"你怎么知道的?"

小华道:"他不是天天喝许多酒吗?"

咸鱼的来历

学校放暑假,妈妈带6岁的女儿到海边游玩,女儿一个不小心摔了一跤,被海水呛了一下,她高兴地对妈妈说:"妈妈,我知道咸鱼是从哪里来的了,原来是在海里面捞出来的。"

没有铁

阿花:"老师要我当诚实的孩子,可您自己还骗人呢!"

老师:"我骗你什么了,孩子?"

阿花:"您常要我多吃菠菜,说菠菜里有铁,其实里边根本没有。"

老师:"你怎么知道没有?"

阿花:"刚才我用吸铁石在菠菜上吸了半天也没有吸起来。"

最接近的答案

力力从学校回来,腋下夹着一本新书。"这是奖品,妈妈!"

妈妈问:"老师为啥奖你?"

力力说:"因为上自然课。老师问鸵鸟有几条腿,我回答三条。"

妈妈问:"可是鸵鸟只有两条腿啊!"

力力说:"是的,我现在也知道了。不过其他同学都回答四条,我是最接近的。"

日 记

孩子说:"妈妈,日记怎么写?"

"今天做了什么就写什么。"妈妈随口说道。

不一会儿,小孩高兴地拿着日记给妈妈看。

妈妈惊讶地接过日记一看,上面写道:"今天,我什么也没做。"

感谢信

一家饭馆有一天收到一封信,大红的信封上十分醒目地写着"感谢信"三个大字。正在闲坐的服务员们马上围了过来,因为

这个饭馆几年来还是头一次收到感谢信呢!他们争先恐后地拆开信读了起来:

"叔叔阿姨们,你们好!自从开展灭蝇活动以来,我们一直找不到苍蝇比较集中的地方。那天来到你们饭馆,一会儿就打死300多只苍蝇。这使我们班荣获学校灭蝇竞赛第一名,特此表示感谢!"

居然没分

刚才发月考卷子,居然没分,去找机读卡,发现把考号写成了QQ号了……我承认,昨天看到某同学把考号也写成QQ号,还在那里笑。结果我填考号时想到了那个同学,然后就……

让我感谢一下

午休时,突然被小华叫醒,说有同学从学校准备用QQ发些资料,叫我收一下。我十分不爽地爬了起来,折腾了一会儿终于弄好了,QQ关了,直接回去睡觉。又过了一会儿,又被小华叫醒,说那同学打电话过来,叫我再上QQ。我迷迷糊糊地又重新上了QQ,收到了一条那位同学QQ发来的消息:"谢谢你!"我一下蒙住了,立马打电话过去问原因。同学很淡定地说:"你帮我接收东西,我还没和你说谢谢你就下了,所以我就叫你再上一次让我感谢一下!"

CHAPTER 9
名人逗你笑

感谢你们停止鼓掌

有一次,基辛格去演讲,他站到讲台上后,听众起立,不断地鼓掌,过了好一会儿,掌声终于停了下来。

"我要感谢你们停止鼓掌!"基辛格笑着说:"因为要我长时间表示谦虚真是件很困难的事。"

CHAPTER 9 名人逗你笑

不得不站着

一次,马克·吐温去一家理发店刮胡子。理发师说:"今晚马克·吐温有演讲,你搞到票了吗?要是你想去却没有票,那你只能站着了。"

"是啊,真讨厌。"马克·吐温叹气说,"每次那个家伙演讲,我都不得不站着。"

胖与瘦

萧伯纳非常瘦,一次,一个胖胖的富翁对他说:"一看到你,人们一定会认为英国发生了饥荒!"

萧伯纳马上回答说:"不错,再看你,人们就会知道产生饥荒的原因了。"

CHAPTER 9 名人逗你笑

表 演

一次，美国总统里根在白宫演讲，他的夫人南希坐在旁边，突然不小心跌到了讲台下的地毯上，但是她却镇静地站起来，回到自己的位置上，于是，观众热烈地鼓起掌来。

里根见夫人没有受伤，幽默地说："亲爱的，我的确告诉过你，我没有得到掌声的时候，你就应该这样表演。"

我也能保守秘密

富兰克林·罗斯福在当美国总统之前,曾经是一个海军军官。一天,一个朋友问他关于海军的一个秘密计划。

罗斯福装出很神秘的样子,看了看四周,小声问:"你能保守秘密吗?""当然能。"

"那么",罗斯福微笑着说,"我也能。"

给别人一个机会

一个妇女来找林肯总统,他大声说:"总统先生,您一定要给我儿子一个上校的职位,要知道,这是我们应得的。我祖父、父亲、叔父和丈夫都是军人,都曾经为国家立过功劳,所以……"

"夫人,你们一家三代都为国家服务,贡献很大,我十分佩服。但是现在您能不能给别人一个为国家作贡献的机会?"林肯接过话说。

刷新纪录

美国总统塔夫托很胖,一次,一个记者问到他的体重,塔夫托说:"我不会说的。不过我可以告诉你,议长里德曾经说过,真正有教养的人体重不应超过200磅。如今我已刷新这个纪录,超过300磅了。"

智斗强盗

一次,卓别林拿着许多钱走在路上。突然,路边的草丛中跳出一个强盗,拿着枪要抢卓别林的钱。卓别林说:"先生,我全给你,只是请你先在我的帽子上打两枪,我回去好向主人交代。"

强盗照做了,在卓别林的要求下,强盗又在他的上衣和裤子上分别开了两枪。这时,卓别林知道枪里已经没有子弹了,便一脚把强盗绊倒,飞似的跑了。

打雷过后必定会下大雨

一天,苏格拉底在给学生们上课,他的妻子突然气冲冲地跑进教室,指着苏格拉底的鼻子大骂一顿,然后跑了出去。过了一会儿,她居然提着一桶水又进来,将水全都泼到了苏格拉底的身上。

学生们以为苏格拉底肯定会狠狠教训妻子,谁知他却笑着说:"我早就知道,打雷过后必定会下大雨。"

给蠢货让路

一次,歌德在公园里散步,在一条仅能让一个人通过的小路上,他遇到了一个一直对他很不友好的人。

两个人越走越近,那个人骄傲地开了口:"我从来不给蠢货让路!"

"我却正好相反。"歌德说完,笑着退到路边。

毒咖啡

一次,一个女人要求丘吉尔首相帮助她做大官,丘吉尔不肯答应,还批评了她。

这个女人生气地说:"首相先生,如果我是你的妻子,一定会往你咖啡杯里放毒药!"丘吉尔微笑着说:"如果我是你的丈夫,我就会毫不犹豫地把它喝下去!"

帽子下面的东西

安徒生生活很简朴,一次,他戴着一顶破旧的帽子在街上走,一个路人嘲笑他:"你脑袋上的是什么东西,能算是帽子吗?"

安徒生立刻回答:"你帽子下边是什么东西,能算是脑袋吗?"

尝出来了

一次,巴顿将军突然检查士兵的食堂,他走到一个大汤锅前,说:"让我尝尝这汤。"

"可是,将军……"没等旁边的士兵说完,将军就生气了:"可是什么,我一定要喝!"说完拿起勺子就喝了一口,然后皱着眉说:"太不像话了,怎么能给士兵喝这个,这简直就是刷锅水"。

"我正想告诉您,这就是刷锅水,没想到您已经尝出来了。"士兵说。

智救故乡

一次,阿那克西米尼知道亚历山大国王要攻打自己的故乡,便去见国王,想向国王求情。国王很尊敬阿那克西米尼,但是一见到他,就说:"我对天发誓,决不同意你的请求。"

"可是陛下,我的请求是希望您攻打我的故乡!"

亚历山大国王愣住了,为了守信用,只好放弃攻打阿那克西米尼的故乡。

卖不掉的书

大仲马到了俄国的一个城市,去参观那里最大的书店。书店的老板为了讨好大仲马,把所有的书架都摆满了他写的书。大仲马一进书店,看见到处都是自己的书,奇怪地问:"其他作家的书呢?"

"其他作家的书……"书店老板一时紧张,结结巴巴地说:"全……全都卖完了!"

CHAPTER 10

别笑,我说的是外语

I am sorry

军军刻苦学习英语,有机会就练习。

有一天,他在路上不小心与一个外国人相撞,忙说:"I am sorry."

老外应道:"I am sorry, too."

军军听后又道:"I am sorry three."

老外不明白,问:"What are you sorry for?"

军军无奈,道:"I am sorry five."

读 音 标

英语课上,老师刚讲完音标[a:],叫小明读一遍。小明一直在打瞌睡,他迷迷糊糊地站起来,不知怎么回事。这时,同桌小华使劲打了他一拳,小明忍不住"啊"了一声。老师说:"读对了,请坐吧!"

蚂蚁怎么说

小明上完厕所回到教室，对英语老师说："厕所有好多蚂蚁。"老师刚教完学生"ant（蚂蚁）"这个单词，便想考考小明，于是问道："蚂蚁怎么说？"

小明一脸茫然："蚂蚁它、它什么也没说……"

秃秃秃

一天，班上三个男生忽然都剃了光头，他们并排坐在教室中间，很显眼。

英语课上，老师问小明："'一点五十八分'用英文怎么说？"小明马上回答："Two to two（秃！秃！秃！）"

大家听了，望着三个剃了光头的同学哈哈大笑。

英语作文

李老师批改英语作文,忽然很生气,说:"我从来没看过这么差的英语作文!"张老师忙问怎么回事。

李老师说:"这个学生写了一个王子和公主的故事,作文开头写,'Can you speak Chinese(你会说中文吗?)'公主回答:'Yes'。"

"那不是很好吗?"

"可是,作文接下来写的就全是中文!"

英 语 课

老师问:"'How are you'是什么意思,毛毛,你能告诉我吗?"

毛毛想了一下,说:"'How'是'怎么'的意思,'are'是'是'的意思,'you'是'你'的意思,那这句话的意思就是'怎么是你?'"

老师很生气,又问:"那'How old are you'是什么意思?"

毛毛又想了想,回答说:"'old'是'老'的意思,所以这句话的意思是'怎么老是你'!"

图书在版编目（CIP）数据

嘻哈每一天 / 曹外香主编. —天津：天津科学技术出版社，2012.3（2019.6重印）

ISBN 978-7-5308-6879-9

Ⅰ.①嘻… Ⅱ.①曹… Ⅲ.①笑话–作品集–中国–当代 Ⅳ.①I277.8

中国版本图书馆CIP数据核字（2012）第051073号

嘻哈每一天
XIHA MEIYITIAN

责任编辑：郑　新

出　　版：	天津出版传媒集团 天津科学技术出版社
地　　址：	天津市西康路35号
邮　　编：	300051
电　　话：	（022）23332674
网　　址：	www.tjkjcbs.com.cn
发　　行：	新华书店经销
印　　刷：	三河市燕春印务有限公司

开本 700×1000mm 1/16　印张 9　字数 150 000
2019年 6月第 1 版第 3 次印刷
定价:29.80元